VENTE DU LUNDI 4 FÉVRIER 1889

HOTEL DROUOT, SALLE N° 5

TABLEAUX ANCIENS

Portraits de l'École française

ET OEUVRES

DES DIFFÉRENTES ÉCOLES

EXPOSITION P[...]

LE DIMANCHE 3 F[...]R 1889

DE 1 HEURE 1/2 A 5 HEURES 1/2

<table>
<tr><td>COMMISSAIRE-PRISEUR</td><td>EXPERT</td></tr>
<tr><td>Mᵉ M. DELESTRE</td><td>M. B. LASQUIN</td></tr>
<tr><td>27, rue Drouot, 27.</td><td>12, rue Laffitte, 12.</td></tr>
</table>

FOLIO ADDITVS
ADDITVS
IMPRIMERIE DE KENT

CATALOGUE

DE

TABLEAUX ANCIENS

16 Portraits de la famille de Beauharnais

Dont un par DROUAIS

AUTRES ŒUVRES

**Par Berkheyden, P. de Bloot, Cerquozzi,
Jeaurat, Panini, Pynacker, E. Van de Velde, Van Vitelli,
Zuccarelli, S. Ruysdael, etc., etc.**

DONT LA VENTE AURA LIEU

HOTEL DROUOT, SALLE N° 5

Le Lundi 4 Février 1889

A 2 HEURES 1/2

Mᵉ M. DELESTRE	**M. B. LASQUIN**
COMMISSAIRE-PRISEUR	EXPERT
27, rue Drouot, 27	12, rue Laffitte, 12

EXPOSITION PUBLIQUE

LE DIMANCHE 3 FÉVRIER 1889

DE 1 HEURE 1/2 A 5 HEURES 1/2

CONDITIONS DE LA VENTE

Elle sera faite au comptant.

Les Acquéreurs payeront, en sus des adjudications, CINQ CENTIMES PAR FRANC applicables aux frais.

Paris — Imp. de l'Art, E. MÉNARD et Cⁱᵉ, 41, rue de la Victoire.

SUITE

DE

SEIZE PORTRAITS

De la famille de Beauharnais

Provenant de la succession de S. A. le duc Guillaume d'Urach comte de Wurtemberg.

DROUAIS

I — *Une Marquise de Beauharnais.*

En buste, de face, le visage souriant, chevelure poudrée avec bonnet de guipure rattaché par un nœud de ruban sous le menton, vêtue d'un corsage blanc décolleté, recouvert d'un manteau de soie rouge bordé de fourrure noire, avec manches garnies de dentelles.

Gracieux portrait.

DUBUISSON

(JEAN)

2 — *Claude de Beauharnais de Beaumont, chevalier de l'ordre royal et militaire de Saint-Louis, capitaine des vaisseaux du Roi. Mort en 1738 à Orléans, enterré à Saint-Laurent.*

Représenté en buste, le visage de face, encadré par une chevelure blonde. Il est revêtu de l'armure, le bras droit étendu dans l'attitude du commandement.

Ce portrait rappelle la manière de Nattier.

RIGAUD

3 — *Portrait du président de Beauharnais.*

En buste, le visage presque de face, coiffé de la grande perruque, en costume de magistrat, décoré de l'ordre du Saint-Esprit.

Bon portrait.

TOURNIÈRES

4 — *Charles, marquis de Beauharnais, commandeur de l'ordre royal et militaire de Saint-Louis, gouverneur du Canada et de toute la Nouvelle-France, lieutenant général des armées navales.*

Représenté à mi-corps, tourné vers la droite, coiffé de la perruque poudrée, revêtu de l'armure sur laquelle il porte en sautoir le cordon de commandeur de l'ordre de Saint-Louis ; de la main droite, il tient un bâton de commandement.

Beau portrait franchement peint.

CLOUET
(D'après)

5 — *Portrait d'un seigneur de Beauharnais.*

En buste, presque de face, barbe blonde, coiffé d'une toque noire, vêtu d'un justaucorps jaune brodé et d'un manteau noir.

A droite, un blason armorié avec la devise : *Autre ne sers.*

ÉCOLE FRANÇAISE

(XVIIᵉ siècle)

6 — *François de Beauharnais, conseiller d'État (1616).*

En buste, presque de face, tête nue, barbe blonde, costume noir avec collerette unie.
A droite, blason armorié.

ÉCOLE FRANÇAISE

(XVIIᵉ siècle)

7 — *Jean-Jacques de Beauharnais, seigneur de Miramion, père de Madame la présidente de Nesmond.*

En buste, de trois quarts à droite, tête découverte avec longue chevelure, moustache et barbiche, vêtu d'un manteau rouge.
A gauche, blason armorié.

ÉCOLE FRANÇAISE
(xvii° siècle)

8 — *Agnan de Beauharnais, grand-
père de Madame la présidente de
Nesmond.*

En buste, de face, costume noir avec collerette unie.
A gauche, un blason.

ÉCOLE FRANÇAISE
(xviii° siècle)

9 — *François de Beauharnais, inten-
dant de la marine.*

En buste, tourné vers la droite, revêtu de
l'armure.
A gauche, blason armorié.

ÉCOLE FRANÇAISE
(xvii° siècle)

10 — *Une Dame de Beauharnais.*

En buste, tournée vers la gauche, les mains
jointes, en costume du temps de François Ier.
A droite, un blason.

ÉCOLE FRANÇAISE

(XVIIe siècle)

11 — *Un Seigneur de Beauharnais.*

En buste, de profil à gauche, en costume du temps de François Ier.

A droite, un blason avec devise : *Autre ne sers.*

ÉCOLE FRANÇAISE

(XVIIe siècle)

12 — *Portrait d'un seigneur de Beau-harnais.*

En buste, de trois quarts à gauche, en costume Louis XIV avec large collerette de guipure, écharpe blanche, décoré de l'ordre du Saint-Esprit.

A droite, le blason armorié avec la devise: *Autre ne sers.*

ÉCOLE FRANÇAISE

(xviiᵉ siècle)

13 — *Portrait d'une dame de Beauharnais.*

Représentée à mi-corps, de profil à gauche, les mains jointes, coiffée de la cornette du xvᵉ siècle.

ÉCOLE FRANÇAISE

(xviiiᵉ siècle)

14 — *Portrait d'une comtesse de Beauharnais.*

Représentée de face, en corsage blanc orné d'une guirlande de fleurs, un manteau bleu jeté sur les épaules.

ÉCOLE FRANÇAISE

(xviiiᵉ siècle)

15 — *Portrait d'un Beauharnais.*

En buste, de face, revêtu de la cuirasse sous un habit galonné d'or, décoré de la croix de Saint-Louis.

*

ÉCOLE FRANÇAISE

(XVIIIᵉ siècle)

16 — *Portrait d'un Beauharnais.*

A mi-corps, en costume romain, revêtu d'un manteau rouge.

TABLEAUX

De la Collection de M. X.

BASSANO

17 — *Cavalier arabe.*

BATTONI

(POMPEO)

18 — *Les Quatre Saisons.*

Dessus de portes.

BERKHEYDEN
(G.)

19 — *Vue d'une ville de Hollande.*

Un marché aux chevaux est installé sur une
grande place, entourée de maisons construites
en briques et sillonnée par des bourgeois, des
marchands et des colporteurs.

A droite, au premier plan, l'entrée d'une
église.

BELLINI
(École des)

20 — *La Vierge et Jésus.*

Assise sur un trône, elle tient l'Enfant Jésus
assis sur ses genoux.

BLOOT
(PIERRE DE)

21 — *Distribution d'aumônes.*

A gauche, au pied de l'escalier d'un castel,
divers mendiants ou estropiés viennent rece-
voir des vivres qui leur sont distribuées par
le châtelain.

A droite s'étend un paysage baigné par une
rivière.

BOUCHER

(Attribué à)

22 — *Nymphe endormie.*

Dessin aux crayons noir et blanc.

CANALETTO

(Genre de)

23 — *Port de mer.*

CASTIGLIONE

24 — *Fruits.*

Sur les marches d'un escalier sont posés des courges, des melons, des grappes de raisin, une corbeille de pêches, des oranges, des poires et des grenades.

CERQUOZZI

25 — *Fleurs et fruits.*

A gauche, un panier de figues, des poires, un plateau de pêches et des fraises ; à droite, un bouquet de tulipes et d'œillets dans un vase de cristal, des pêches et des prunes sur une console ; à terre, des citrons et des oranges.

Tableau vigoureusement peint et d'un bel effet décoratif.

CERQUOZZI

26 — *Fruits et légumes.*

Un plat de fraises, une corbeille de grenades, des cerises, un panier de champignons, une botte d'asperges et des artichauts sont épars sur une marche de pierre.

Pendant du précédent.

CARLO DOLCI

(D'après)

27 — *La Vierge Marie.*

DROUAIS

(D'après)

28 — *Portrait d'un enfant en buste.*

GROS

(Attribué au baron)

29 — *Portrait de Marie-Louise, duchesse de Parme.*

JEAURAT

30 — *Voltaire à Ferney.*

Une nombreuse réunion de dames et de gentilshommes sont attablés et terminent un repas champêtre.

Au milieu d'eux, Voltaire accueille une famille de malheureux.

Beau cadre ancien en bois sculpté.

LARGILLIÈRE

(Attribué à)

31 — *Portrait de l'artiste.*

Forme ovale.
Cadre en bois sculpté.

PANINI

32 — *Un Sacrifice romain.*

Dans l'intérieur d'un temple d'une riche
architecture, à colonnade surmontée de sta-
tues, un grand prêtre, debout derrière l'autel,
reçoit les présents dédiés aux dieux.
Importante composition.
Cadre Louis XIV en bois sculpté.

PYNACKER

33 — *Paysage et animaux.*

Des bergers se divertissent à l'entrée d'un
bois en gardant leur troupeau ; deux d'entre
eux dansent au son du flageolet.

RUYSDAEL

(SALOMON)

34 — *Paysage de Hollande.*

Des grands arbres abritent les chaumières d'un village situé au bord d'une rivière qui s'étend vers l'horizon à droite.

Des pêcheurs dans une barque sont près du rivage.

Très bon tableau d'une grande transparence.

Forme ovale.

SAVERY

(ROLAND)

35 — *Saint Jean prêchant dans le désert.*

A droite, à l'entrée d'un bois, une nombreuse réunion assiste à la prédication.

A gauche, la vue s'étend sur une vallée où se trouve une ville fortifiée.

VELDE
(ESAIAS VAN DE)

36 — *Combat de cavaliers*.

Deux partis de cavaliers se sont rencontrés
près d'un village et se combattent dans une
furieuse mêlée.

VÉRONÈSE
(École de)

37 — *La Toilette de Vénus*.

Belle composition.

VITELLI
(VAN)

38 — *Architecture*.

Une dame de distinction, suivie de ses
esclaves, est reçue par un seigneur sur les
marches d'un magnifique palais à colonnades
ayant accès sur un port de mer.

VITELLI
(VAN)

39 — *Architecture.*

Sur le péristyle d'un somptueux palais de marbre orné de sculptures, l'artiste a représenté une scène de réception, ayant trait à l'histoire de Cléopâtre.

XYDARPALZ
(B. 1856)

40 — *David et Bethsabée.*

ZUCCARELLI

41 — *Paysage accidenté.*

Des pâtres et leurs troupeaux traversent le gué d'un cours d'eau, près d'un moulin situé au pied d'un rocher escarpé.

Au premier plan, un cavalier et un chasseur sur un chemin.

A droite, des grands arbres se détachent sur un fond de paysage éclairé par le soleil couchant.

Cadre ancien en bois sculpté.

W. V. K.

(École hollandaise, 163y)

42 — *Jeune Homme bourrant une pipe.*

ÉCOLE ITALIENNE

43 — *La Nativité.*

ÉCOLE MODERNE

44 — *Bestiaux au pàturage.*

45 — Cadre en bois sculpté.

46 — Tableaux non catalogués.